AF363884

Vente du Vendredi 23 Mars 1866.

OBJETS D'ART

DE LA CHINE ET DU JAPON

EXPOSITION PUBLIQUE :

Le jeudi 22 Mars 1866.

Mᵉ Ch. PILLET, Commissaire-Priseur.

M. DHIOS, Expert.

PARIS. — IMPRIMERIE PILLET FILS AINÉ

5, RUE DES GRANDS-AUGUSTINS

CATALOGUE

D'OBJETS D'ART

ET DE CURIOSITÉ

DE LA CHINE & DU JAPON

Provenant de la collection du prince de S. W.

DONT LA VENTE AURA LIEU

HOTEL DROUOT, SALLE N° 5

Le Vendredi 23 Mars 1866

A DEUX HEURES

Par le ministère de Me **CHARLES PILLET**, Commissaire-Priseur,
rue de Choiseul, 11,

Assisté de M. **DHIOS**, Expert, rue Le Peletier, 33,

Chez lesquels se trouve le présent Catalogue

EXPOSITION PUBLIQUE

Le Jeudi 22 Mars 1866, de une heure à cinq heures.

CONDITIONS DE LA VENTE

Elle sera faite au comptant.

Les adjudicataires payeront *cinq pour cent* en sus des enchères.

L'exposition mettant le public à même de se rendre compte de l'état des objets, il ne sera admis aucune réclamation une fois l'adjudication prononcée.

Paris. — Imp. de Pillet fils aîné, rue des Grands-Augustins, 5.

DÉSIGNATION

DES OBJETS

Porcelaines de Chine

1 — Deux grands vases forme de bouteille, décorés de fleurs et fruits émaillés sur fond blanc, posés sur socles en bois de fer.

2 — Deux autres vases même forme que les précédents, émaillés de fleurs et branchages sur fond jaune.

3 — Deux jolis vases à pans coupés, décorés de fleurs émaillées et ornements sur fond jaune.

4 — Une grande vasque décorée de fleurs émaillées sur fond blanc, posée sur un socle en bois dur sculpté.

5 — Un cornet décoré de vases de fleurs de couleurs variées.

6 — Un autre plus petit, décoré d'animaux chimériques et fleurs.

7 — Une boîte à savon décore de dragons.

8 — Un vase fond blanc décoré de figures émaillées, les *Tireurs d'arc*.

9 — Un vase décorés bleus à paysages.

10 — Deux petits vases forme sphérique, décorés de dragon rouge et vert sur fond blanc.

11 — Un vase à long col, panse ovoïde, céladon bleuâtre, décoré de dragons.

12 — Un vase forme bouteille, porcelaine craquelée, décoré de dragons rouge et vert sur fond grisâtre.

13 — Un vase céladon uni, fond vert foncé.

14 — Deux vases forme tonneau avec ouvertures à jour, décorés d'arabesques.

15 — Un grand cornet décoré de fleurs, oiseaux et paysages émaillés sur fond blanc.

16 — Un vase forme de gourde, à panse aplatie, fond jaunâtre, décoré de dragons rouges.

17 — Un autre vase plus petit, même forme, décoré de fleurs avec encadrement bleu et jaune sur fond blanc.

18 — Deux petits vases forme potiche, décorés de dragons verts sur fond blanc.

19 — Un vase forme bouteille, décoré d'arabesques et fleurs émaillées sur fond jaune.

20 — Un petit vase craquelé gris, forme bouteille.

21 — Une potiche du Japon décorée de figures.

22 — Potiche forme ovoïde, décorée de personnages.

23 — Deux vases dits coquille d'œuf, décorés d'arbres et figures.

24 — Deux vases forme carrée, évasés par le haut, décorés de figures et dragons émaillés.

25 — Deux jardinières avec plateau, fond rouge émaillé de fleurs et rinceaux.

26 — Un éléphant en porcelaine céladon violacé.

27 — Deux sucriers à couvercles décorés de dragons.

28 — Un vase forme bouteille, décoré de médaillons à fleurs émaillées, socle en bois de fer.

29 — Un vase en forme de fontaine, décoré d'oiseaux et animaux chimériques.

30 — Un vase forme bouteille, décoré de fleurs émaillées sur fond jaune.

31 — Un vase décoré d'animaux en relief sur fond jaune émaillé.

32 — Un grand plat décoré de fruits émaillés sur fond blanc.

33 — Un autre semblable au précédent.

34 — Un plat rond, décoré d'un char traîné par un cerf.

35 — Cinq vases, cornets et potiches de décors variés.

36 — Vingt pièces : tasses, soucoupes, plateaux et petits vases.

Émaux cloisonnés

37 — Un grand vase forme sphérique, posé sur trois figures de guerriers. Belle pièce.

38 — Une gourde à panse aplatie, décorée de fruits.

39 — Un petit vase à parfums, posé sur trois pieds, avec couvercle en bronze doré à jour.

40 — Un petit vase à anses. Jolie petite pièce d'un bel émail.

41 — Un bol émaillé de rinceaux et fleurs.

42 — Deux petits plateaux.

43 — Deux bols fond bleu, avec inscriptions dorées.

44 — Un petit vase forme ovoïde.

45 — Une petite boîte à couvercle.

46 — Un grand plat rond décoré d'animaux chimériques.

Bronzes chinois et japonais

47 — Deux vases posés sur des pieds, avec fleurs et branchages ciselés en relief.

48 — Deux vases forme cylindrique, avec incrustation d'argent.

49 — Un brasero avec ornements en relief et couvercle à jour.

50 — Un vase incrusté d'argent, avec anses mobiles et couvercle à jour, en cuivre gravé et doré.

51 — Deux cavaliers chinois.

52 — Une figure : divinité, bronze doré.

53 — Une tortue avec serpent, formant lampe.

54 — Une cigogne, grand bronze.

55 — Une figure sur un animal chimérique.

56 — Petit vase à anses.

57 — Quatre flambeaux japonais.

58 — Une lampe formée par une chauve-souris.

Laques rouges de Pékin

59 — Un cabinet orné de sculptures en relief, oiseaux, pois-
sons et divers ornements, avec garnitures en cuivre doré.
Ce petit meuble est posé sur un socle en bois de fer.

60 — Une grande boîte ronde sculptée en reliefs de figures,
paysages et fleurs.

61 — Un plateau décoré de dragons sculptés en relief.

62 — Un vase forme gourde, sculpté en relief, avec rosaces
à inscriptions.

63 — Un vase avec anses à jour, sculpté en relief.

Laques du Japon

64 — Un grand cabinet, laque aventuriné, avec plaques
décorées d'oiseaux et de paysages en relief.

65 — Un grand coffre laque noir garni de plaques en cuivre
doré.

66 — Un petit cabinet, laque rouge avec ornements de nacre en relief.

67 — Un petit brasero pour fumeur, formant cabinet, garni d'accessoires en métal.

68 — Un petit meuble laque noir, à deux portes, renfermant trois figures en bois sculpté.

69 — Un autre meuble de même forme, en laque rouge, avec figures de Chinois chassant un tigre.

70 — Un bassin, laque aventuriné, avec relief.

71 à 75 — Cinq grandes boîtes, laque et reliefs, rosaces, oiseaux, paysages, etc.

76 à 78 — Trois grands plateaux en laque ornés de décors en relief.

79 à 94 — Quinze jolies boîtes en laque d'or, de forme et dessins variés : boîtes de médecine, boîtes à compartiments, ménagères, etc. La plus grande partie de ces boîtes sont d'une très-belle qualité et de formes bizarres très-variées.

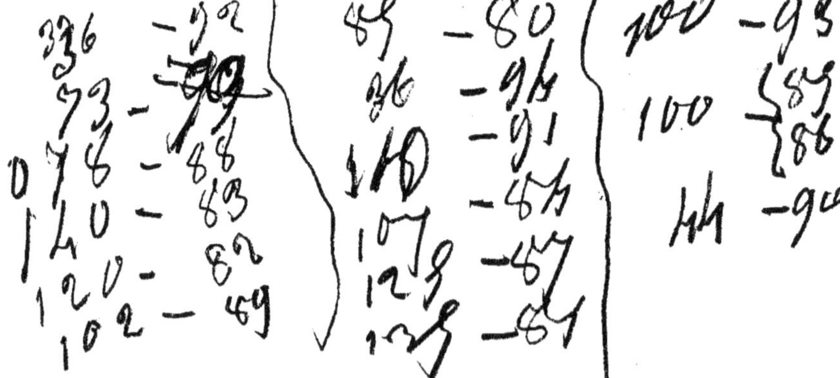

Objets divers

95 — Un groupe de rochers en cristal de roche.

96 — Une figure de Chinois en cristal de roche posée sur un socle en malachite.

97 — Trois figurines et un groupe en pierre de laar.

98 — Une jonque chinoise terminée par une tête de coq, pièce en ivoire chargée de figurines de soldats.

99 — Dix-huit figurines et groupes en ivoire sculpté.

100 — Une coupe en corne ornée de sculptures en relief.

101 — Souliers et pipe en jade blanc.

102 — Deux flambeaux en bois de fer sculptés.

103 — Lot de figures en terre cuite et peinte, types chinois et européens.

104 — Chaise à porteur chinoise.

105 — Deux oiseaux en jade vert formant flambeaux.

106 — Un mandarin, figure en bois sculpté.

107 — Sept boîtes contenant des épingles pour parures et coiffures chinoises.

108 — Une pipe à opium.

109 — Un krik malais.

110 — Un couvert à riz.

111 — Lot de briquet, sacs à tabac et bourses brodées.

112 — Deux sabres japonais.

113 — Lot d'arcs, flèches et armes japonaises.

114 — Lot de livres et albums chinois.

115 — Lot considérable de stores et tentures chinoises.

116 — Onze écrans à main.

117 — Vingt-deux éventails.

118 — Vingt-deux lanternes en jonc.

119 — Deux lanternes de forme gracieuse, en bois de fer finement sculpté.

120 — Deux autres plus grandes.

Etoffes brodées et unies

121 — Un grand et beau manteau en soie, rouge et vert, de Chine, orné de riches broderies à figures. Cette belle pièce a appartenu à un chef des rebelles.

122 — Deux costumes chinois.

123 — Une robe brodée ornée de fourrure blanche.

124 — Trois pièces d'étoffes brodées.

125 — Dix pièces d'étoffes crêpe de Chine (sera divisé).

126 — Deux tapis de Turquie.

127 — Objets omis.